KB206723

CLASSICO

Part of Cow & Bridge Publishing Co.
Web site : www.cafe.naver.com/sowadari
3ga-302, 6-21, 40th St., Guwolro, Namgu, Incheon, #402-848 South Korea
Telephone 0505-719-7787 Facsimile 0505-719-7788 Email sowadari@naver.com

The Tale Of
MR. JEREMY FISHER
by Beatrix Potter

Published by Cow & Bridge Publishing Co.
First original edition published by Frederick Warne & Co. London
This recovery edition published by Cow & Bridge Publishing Co. Korea

ISBN 978-89-98046-46-0

제레미 피셔 이야기

베아트릭스 포터 지음

Cow & Bridge
PUBLISHING COMPANY

스테파니에게
사촌 B로부터

미나리아재비 풀이 수북하게 자란
잔잔한 연못가에
개구리 아저씨가 집을 짓고 살았어요.
아저씨 이름은 제레미 피셔라고 해요.

집 안은 온통 축축하고 미끌미끌했지요.
제레미 아저씨는
축축하고 미끌미끌한 것을 좋아하거든요.
왜냐하면 개구리는 절대
미끄러져 넘어지지도 않고
감기에 걸리지도 않으니까요.
"안녕하신가, 달팽이 친구."

11

제레미 아저씨는 비가 오면

커다란 빗방울이

호수에 퐁당퐁당 떨어지는 것을 바라보며

즐거워했답니다.

"저녁 때 먹을 벌레하고
송사리를 잡으러 가야겠군.
송사리를 다섯 마리보다 더 많이 잡으면
거북이 알더만 씨하고
도마뱀 뉴튼 씨를 초대해야지.
어차피 거북이 알더만 씨는
채소뿐이 안 드시겠지만 말이야."

개구리 아저씨는 하얀 비옷을 입고
깜장 고무신을 신고
갈대 바구니를 어깨에 둘러메고
기다란 낚싯대를 들고
연잎 배를 세워 놓은 데까지
풀쩍풀쩍 뛰어 갔어요.

둥그런 초록 연잎 배는
연못 한 구석 키 큰 물풀 줄기에
잘 묶여 있었어요.

제레미 피셔 아저씨가 말했어요.

"송사리가 잘 잡히는 명당을 알고 있지."

제레미 아저씨는 갈대를 하나 꺾어

연잎 배를 저어 저어

넓은 연못 가운데로 갔어요.

아저씨는 갈대를 연못 바닥 진흙에
쿡, 찔러 넣고
연잎 배를 단단히 묶었어요.
그러고는 양반다리로 앉아
낚시 도구를 꺼냈어요.
아저씨한테는
너무나 예쁜 빨간 찌도 있었고요,
아주 길고 단단한 막대기도 있었고요,
낚싯줄로 쓸 기다란 말 꼬리털도 있었어요.
제레미 아저씨는 말 꼬리털 끝에
작은 꿈틀이 지렁이를 매달았어요.

제레미 아저씨 등에 빗방울이 떨어졌어요.
하지만 아저씨는 한 시간 동안이나
꼼짝도 않고 쪼그려 앉아 찌를 쳐다봤어요.
그러다가,
"이것 참 지루하군.
도시락이라도 먹어야겠는 걸."

개구리 아저씨는 바구니에서
도시락을 꺼냈어요.
"나비 샌드위치를 먹으면서
비가 그칠 때까지 기다려야지."
하면서
한쪽 발을 물에 담그고
냠냠 맛있게 도시락을 먹었어요.

커다란 물방개가 연잎 배 아래로 몰래 다가와
제레미 아저씨의 깜장 고무신을
슬쩍 잡아당겼어요.
아저씨는 발을 물에서 꺼내
다시 양반다리로 앉아
열심히 샌드위치를 먹었답니다.

바스락 바스락, 첨벙 첨벙.

연못가에서 뭔가 움직이는 소리가 들렸어요.

"설마 쥐는 아니겠지?

그래도 자리를 옮기는 게 좋겠어."

제레미 아저씨가 말했어요.

제레미 아저씨는

연잎 배를 저어 자리를 옮긴 다음

연못에 낚싯대를 드리웠어요.

그런데 찌가 마구 움직이는 게 아니겠어요?

"송사리다, 송사리야!

맛있는 송사리 냄새가 나는 걸!"

기분이 좋아진 제레미 아저씨는

낚싯대를 잡아당기면서 소리쳤어요.

하지만, 아유 깜짝이야!
제레미 아저씨가 잡은 것은
송사리가 아니라 가시고기였어요.
온몸이 가시투성이에다
지독하게 못생긴 물고기 말이에요.

연잎 배 위로 올라온 가시고기는
펄떡펄떡 파닥파닥 몸부림을 쳤어요.
그러는 바람에 제레미 아저씨는
손가락을 가시에 찔리고 말았답니다.
숨이 찬 가시고기는
풍덩, 하고
연못 속으로 다시 뛰어들었어요.

가시고기는 송사리 친구들과 함께
물 밖으로 머리만 빼꼼이 내놓고
"나 잡아 봐라" 하고
제레미 아저씨를 놀렸어요.

실망한 개구리 아저씨는

연잎 배 위에 우두커니 앉아 있었어요.

그리고 가시에 찔린 손가락을

쪽쪽 빨고 있는데

어이쿠, 이거 큰일이 나고 말았네요.

연잎 배 아래 저 큰 물고기 좀 보세요.

나중에 다시 이야기해 주겠지만

비옷이 아니었다면

제레미 아저씨는 정말 큰일이 났을 거예요.

펄쩍, 하고 커다란 송어 한 마리가 뛰어올라
덥썩, 하고 제레미 아저씨를 입에 물고
풍덩, 하고 연못 바닥까지 내려갔어요.

하지만 아저씨가 입고 있던 비옷은
너무 질기고 맛도 없었어요.
그래서 커다란 송어는
개구리 아저씨를 다시 퉤, 뱉어냈답니다.
송어가 삼킨 것이라고는
아저씨의 깜장 고무신뿐이었어요.

제레미 아저씨는 마치 물방울처럼
뽀로록, 물 위로 떠올라
연못 가장자리로 헤엄쳐 갔어요.

끼끼, 끙끙.
땅 위로 기어 올라온 제레미 아저씨는
비옷을 펄럭펄럭 펄럭이면서
풀밭을 펄쩍펄쩍 뛰어서
집으로 돌아갔어요.

"꼬치고기가 아니라서 겨우 살았네.
꼬치고기였다면 비옷까지 먹어 버렸을 거야."
아저씨는 고개를 도리도리 가로저으면서
"낚싯대하고 바구니를 잃어버렸지만 괜찮아.
아무튼 이제 다시는 낚시를 하지 말아야지."
하고 말했어요.

제레미 아저씨의 친구들이 왔네요.

"이렇게 와주셔서 감사합니다."

비록 송사리 요리는 없지만

다른 요리를 대접하면 되겠죠?

도마뱀 뉴튼 씨는

금실로 수를 놓은 검은 조끼를 입고 왔고요.

"오랜만이에요, 뉴튼 씨."

거북이 알더만 씨는
바구니에 채소를 하나 가득 담아 왔어요.
"별일 없으시죠, 알더만 씨?"

제레미 아저씨와 친구들은
송사리 요리 대신
메뚜기 구이하고 무당벌레 볶음을
맛있게 먹었답니다.

여러분도 메뚜기 구이 한번 먹어 볼래요?

- 끝 -

오리지널 피터래빗 시리즈 07

The Tale of Mr. Jeremy Fisher
제레미 피셔 이야기

Copyright 제레미 피셔 이야기 © 2014
Cow & Bridge Publishing Co. all rights reserved.
이 책의 저작권 및 출판권은 도서출판 소와다리가 소유합니다.

1판 1쇄 2014년 12월 5일
지은이 베아트릭스 포터 **옮긴이** 김동근
발행인 김동근
발행처 소와다리
출판등록 제2011-000015호(2011년 8월 3일)
주소 인천광역시 남구 구월로 40번길 6-21번지 3가동 302호
전화 0505-719-7787
팩스 0505-719-7788
이메일 sowadari@naver.com

파본은 구입처를 통해 바뀌드립니다.

ISBN 978-89-98046-46-0